Meinen aufrichtigen Dank an Peter Breuer
für die Idee und Arnulf Köhncke für die Kennerschaft.
– Saša Stanišić

PRODUZIERT MIT VERANTWORTUNG

FSC www.fsc.org
MIX
Papier | Fördert gute Waldnutzung
FSC® C002795

Text: Saša Stanišić | Illustrationen: Günther Jakobs
Programmleitung: Frank Kühne | Lektorat: Katharina Eisele
Herstellung: Derya Yildirim | Lithografie: Margit Dittes Media, Hamburg
ISBN 978-3-551-52180-4 | Carlsen-Bücher gibt es überall im Buchhandel oder unter **carlsen.de**
Mit Fragen zur Produktsicherheit wenden Sie sich bitte an: carlsen.de/kontakt

Saša Stanišić

PANDAPAND

Wie die Pandas mal Musik zum Frühstück hatten

Mit Illustrationen von
Günther Jakobs

CARLSEN

Peter, der Panda, unter Pandas bekannt durch das eine Ohr, das größer war als das andere Ohr, und dadurch, dass er immer einfach mittelmäßige Laune hatte und nie gute oder miese Laune, lebte zusammen mit anderen Pandas, von denen keiner Peter hieß und die alle gleiche Ohren und verschiedene Launen hatten, in einem Bambuswald in China.

Also, nein, nein, nein. So doch nicht!

Erstens: Viel zu langer Satz.

Zweitens: Warum sollte ein Panda, der noch dazu in China lebt, Peter heißen?

Warum sollte er überhaupt heißen? Gegenständen oder eben Tieren Namen zu geben, was soll das eigentlich? Ja, hat man denn das Bügeleisen je gefragt, ob es *Bügeleisen* heißen will? Würde man mich fragen, ob ich *Bügeleisen* heißen will, würde ich sagen: »Auf keinen Fall! Heiß du doch Bügeleisen, wenn's dir so gefällt!«

Bei Peter, unserem Panda, wäre es sogar bestimmt so, dass er auf die Frage, wie er heißt, mit ziemlicher Überzeugung antworten würde: »Nicht Peter!«
Und drittens: Ein Panda lebt gar nicht zusammen mit anderen Pandas. Pandas leben allein. Auch dafür haben die Menschen einen Namen: *Einzelgänger*.
Nicht-Peter mochte zwar andere Pandas, aber viel Zeit mit denen verbringen? Bloß nicht! All die Läuse und der Lärm und die Launen, nee, nee, nee ... Dann und wann eine Verabredung *(Pandas lieben Termine!)*, das reichte völlig aus.

Nicht-Peters Hobbys waren Bambusbeißen und Schlafenschlafen. Fragte man ihn allerdings nach den Hobbys, war ihm das ein bisschen peinlich – zuzugeben, dass er am liebsten aß und schlief. Also zählte er Folgendes auf: Bedächtiges Bodenturnen und Kurz-mal-Klettern.

Beim *Bedächtigen Bodenturnen* kommt es darauf an, sich *nicht* anzustrengen. Eine beliebte Turnübung geht so: Der Panda setzt sich hin und guckt.

Ja, das war es. Das ist die Übung.

Nicht-Peter ist ein *superbedächtiger Bodenturner*. Im Peu-à-peu-Purzelbaum hält er sogar den Waldrekord. Er hat mal am Morgen den Purzelbaum begonnen, tagsüber gegessen und geschlafen, und am Abend hat er den Purzelbaum zu Ende gepurzelt: Waldrekord.

Der Pipipfotenstand ist Nicht-Peters liebste Übung. Beim Pipipfotenstand stellt sich ein Panda auf die Vorderbeine und pinkelt gegen einen Baum. Nennt sich auch »Revier markieren« und sieht fantastisch aus.

Solltest du auch mal probieren.

Beim *Kurz-mal-Klettern* geht Nicht-Peter auf eine Kletterpartie, die schön, aber vor allem schön kurz sein soll. Am liebsten klettert er direkt aus seiner Lieblingshöhle auf den nächsten Baum, eine Schönulme, dort guckt er dann seufzend über das Bambusmeer, geht von der Schönulme wieder runter und zurück in die Höhle, fertig, puh, ausruhen.

Nicht-Peter hat achtundzwanzig Lieblingshöhlen. Die Lieblingshöhle Nr. 5 ist seine liebste Lieblingshöhle, weil da so viel Bambus wächst, dass sie aussieht, als habe sie einen Bambusbart. Und das ist super, weil Bambus aller Pandas Leibspeise ist.

Du würdest ja auch mögen, wenn dein Bett von Brokkolibäumen umgeben wäre, weil Brokkoli ist bestimmt deine Leibspeise, oder?

Nicht-Peter aß alles vom Bambus. Bambussprossen, Bambustriebe, Bambus auf Salat, Bambus auf Nudeln, Bambus auf Bambus. *Bambus auf Nudeln ist ein Witz, Pandas kochen doch nicht!*

Ja, und mit dem Bambus beginnt *endlich* unsere Geschichte! Mit einem Zwanzig-Kilo-Bambusfrühstück, das Nicht-Peter gerade mit einem allerletzten Rohr beenden wollte, an dem er genüsslich knabberte und schlabberte und bambnüffelte und saugte und plötzlich hörte: einen Ton!

Keinen schönen Ton oder so, aber hey: Hast du dein Leben lang Bambus gegessen ohne Ton, dann muss der erste gar nicht schön klingen, um so richtig spannend zu sein.
Nicht-Peter wollte den Ton sofort wiederhaben, ist ja klar. Aber wo war der jetzt hin?

Nicht-Peter kratzte sich am großen Ohr, wo der Ton rein ist. Am kleinen Ohr, wo der Ton wieder raus ist.

Nicht-Peter linste in das Bambusrohr. Hohl war es und dunkel. Aha! Perfektes Versteck für einen Ton! Nicht-Peter klopfte das Rohr aus, der Ton aber steckte wohl fest. Nicht-Peter schabte am Rohr: Der Ton war nicht kitzelig.

Nicht-Peter krallbohrte ein Loch in das Rohr, um den Ton zu befreien: nichts.
Noch ein Loch und noch eins, sechs Löcher: nichts. Immerhin rochen seine Krallen jetzt lecker.

So, und jetzt pustete Nicht-Peter in das Bambusrohr, und da! Der Ton! Der Ton war wieder da! Also: nicht da da – Nicht-Peter konnte ihn nirgends sehen. Er guckte sogar unter dem Po nach, was gar nicht so einfach ist für Pandas, ganz ehrlich.

Was, wenn es noch andere Töne gab? Vor Aufregung machte Nicht-Peter einen Pipipfotenstand. Vielleicht gab es einen schönen Ton, wenn er an was Schönes dachte? Er krallte sich wieder das Bambusrohr, pustete und dachte dabei an seinen Wald, sein Zuhause. Nicht-Peter pustete, aber der Ton klang genau gleich. Hm.

An was denkst du, wenn du an was Schönes denkst?

Vielleicht war ein leiser Ton einfacher? Wie könnte der gehen? Pusten und sich dabei die Ohren zuhalten! Nicht-Peter legte sich hin, hielt den Bambus mit den Hinterbeinen und sich die Ohren zu mit den Vorderbeinen. Der Ton war zwar leise, dann verlor aber Nicht-Peter das Gleichgewicht und rollte in das Laub, was sich sehr gemütlich anfühlte, sodass er einfach liegen blieb und einen gemütlichen Ton pustete.

Als Nächstes wollte Nicht-Peter das Gegenteil von gemütlich. *Was wäre das?*
Ja! Was Wildes! Was Verrücktes! Nicht-Peter zog seine lustigste Grimasse. *Augen weit auf und Nasenlöcher auch, mach du mal!* Dabei lief er rückwärtshüpfend und pustend im Kreis. Es wurde ihm und den Tönen total schwindlig.
Na gut, dann hatte er jetzt eben einen *schwindligen* Ton.

Wie klangen die Töne wohl in großer Höhe?
Nicht-Peter stieg auf den höchsten Hügel im Revier und kletterte dort auf einen sehr langen Bambus.
Er holte sehr viel Luft und pustete sehr viel laut.
So laut, dass unter ihm die Bambusse erschraken –
»Ja, sag mal«, raschelten sie, »kann man hier nicht mal mehr in Ruhe wurzeln?«
»Sorry«, murmelte Nicht-Peter, kletterte runter und pandopierte bergab davon. Er wurde immer schneller und pustete einige schnelle Töne. Außer Puste kam er an seiner Höhle an. Sein nächster Ton war ein müder Ton.

Es dämmerte im Bambuswald. Nicht-Peter wollte keine Töne mehr jagen. Er wollte mit ihnen spielen. An seinen Lieblingsbaum gelehnt (die schüchterne Lärche) spielte er mit Tönen in Richtung seines Lieblingslichts (Mond). Er spielte leise und gemütlich, hoch und schnell und verrückt. Die Töne hüpften umeinander und flossen ineinander. Sie wurden größer und breiter, wurden Johann Sebastian Bachs *Partita a-Moll für Flöte solo.*

Bach war einer, der hat viel früher gelebt als du und ich und Nicht-Peter, und der hatte eine sehr musische Perücke, die sehr musische Musik erfunden hat.

Nein, nein. Nicht-Peter spielte nicht wirklich Bach. Warum sollte man auch gleich europäische Musik spielen in China? Oder als Pandabär überhaupt Menschenmusik? Oder überhaupt komplizierte Musik nach nur einem Tag? Eine Melodie, die gab es aber schon. Schüchtern wie die Lärche und zartdunkel wie die Mondnacht über dem Bambuswald. Zweig und Blatt und Glück raschelten über Nicht-Peter wie zum Applaus.

Auf Nicht-Peters Liste kam ein neues Hobby: Pflöte. *Du kannst sie übrigens gern Dizi nennen. Das ist der chinesische Name, klingt viel schöner als Pflöte!*
Nicht-Peters Pfoten ließen die Pflöte nicht mehr los. Er nahm sie überallhin mit, und die Töne wiederum nahmen einen Specht mit, der im Rhythmus auf Baumstämme trommelte.

Einmal war Nicht-Peter auf einem seiner Pflötenpfade so sehr in die Musik verbambust, dass er in den finsteren Teil des Waldes geriet. Wenn man in einer Geschichte in den finsteren Teil des Waldes gerät, so kommt bald eine Gefahr daher.

In unserer Geschichte kam nicht Gefahr, sondern Gerhard daher. Besser gesagt Nicht-Gerhard, Nicht-Peters Nachbar. Breitbeinig stellte er sich Nicht-Peter in den Weg und grummelte: »Jetzt aber raufen.«

Nicht-Gerhard hätte am liebsten Tag und Nacht gerauft, mit jedem und allem. Sein größter Traum war es, mal mit einem Gebirge zu raufen. Die standen immer so doof rum.

Nicht-Peter dagegen raufte extrem ungern. Er versuchte, Nicht-Gerhard abzulenken: »Servus, Gert!«, rief er. »Wie geht's, wie steht's?«
»Gut. Aber jetzt raufen«, sagte Nicht-Gerhard.
»Ich will nicht raufen«, sagte Nicht-Peter und fügte schnell hinzu: »Ich will dir was zeigen.«
»Gefällt aber Nicht-Gerhard nicht, dann raufen?«
Nicht-Peter nickte. »Dann raufen. Guck mal: Ich hab was erfunden.« Er zeigte auf das Bambusrohr.
»Glückwunsch«, sagte Nicht-Gerhard. »Jetzt aber raufen.« Wer gern rauft, ist gern ungeduldig.
Würdest du Nicht-Gerhard unsere Geschichte hier erzählen, er hätte dich längst zusammengerauft.
Nicht-Peter blieb nur noch eins: Er pustete in die Pflöte. Pustete kraftvoll und trotzig, weil das mochte Nicht-Gerhard bestimmt.
Die Melodie drehte ein Tänzchen um die Bären, dann wurde es ganz still. Nicht-Gerhard war wie erstarrt. Nicht-Peter stupste ihn an. Da flüsterte Nicht-Gerhard, als erwachte er aus einem sehr guten Traum: »Das war aber sehr, sehr gut.«

»Oder!«, rief Nicht-Peter.
»Sehr, sehr gut. Darf aber Nicht-Gerhard auch?«
»So was von!« Nicht-Peter reichte ihm die Pflöte.
Ja, und da legte Nicht-Gerhard los, mein lieber Pflötenverein! Pampig und pompös, wild und virtuos!
Nicht-Peter musste pupsen, so sehr staunte er.
Nicht-Gerhard setzte die Pflöte ab. »Das ändert aber alles«, sagte er.
»Oder!«
»Jetzt aber anderen zeigen.« Schon trabte er mit der Pflöte los. Nicht-Peter war froh: kein Raufen erst mal, puh. Er war aber nicht superfroh, weil »anderen zeigen« hieß – du weißt schon: Pandas mit Läusen und Launen. Und doch folgte er seinem Nachbarn tiefer in den Wald. Er wollte seine Pflöte – seine Musik – unbedingt wieder zurückhaben.

Nicht-Gerhard war unterwegs zu Nicht-Olivia, die hinter sieben Bergen lebte. *Stimmt gar nicht, sie lebte gleich drüben, hinter der Lichtung. »Hinter sieben Bergen« klingt bloß besser.*

Alle im Bambuswald kannten Nicht-Olivia als eine Bärin, die vor nichts Angst hatte. Nicht vor Knöpfen, nicht vor Labyrinthen, Nicht-Olivia hatte nicht mal vor Ameisenantennen Angst!

Wovor hast du keine Angst?

Nicht-Olivia war überhaupt anders als andere Pandas. Oder andere Pandas waren anders als sie. Sie war laut und gesellig und richtig schön unhöflich, und sie war die einzige Pandabärin in ganz China mit Frisur und Haustier.

Nicht-Olivias Haustier war eine Gespenstschrecke. Keine Angst, gespenstisch oder schrecklich war an der Gespenstschrecke nichts. Guck, da: einfach ein Insekt, das normalerweise wie ein Zweiglein aussieht und sich gut verstecken kann im Bambus. »Normalerweise«, weil sich Nicht-Olivias Schrecke überhaupt nicht gut verstecken konnte. Sie sah nämlich gar nicht aus wie ein Zweiglein. Sie sah aus wie eine Mischung aus einem kleinen Kamm, einer kleinen Pommes und einer kleinen Birne mit einem kleinen Zylinderhut.

Wäre das ein Wimmelbuch, wäre es leichter, Nicht-Olivias Schrecke zu finden, als sie nicht zu finden. Versuch es mal, versuch mal, die Schrecke nicht zu finden.

Die störrische Pandabärin empfing Nicht-Gerhard und Nicht-Peter ohne Gruß, weil »wer grüßt, der ist ein Spießerbär«.

Ja, liebe Vorlesende, ich wäre gern Mäuschen, während Sie dem Kind »Spießer« erklären …

Und nachdem Nicht-Gerhard ihr die Pflöte reichte und bevor Nicht-Peter die Pflöte erklärte, hatte Nicht-Olivia die Pflöte überm Knie zerbrochen, knack!, und eine Hälfte genüsslich vernascht.

Ja, da haben die Jungs aber geguckt.

»Du sollst pusten!«, rief Nicht-Peter (viel zu spät), worauf Nicht-Olivia (mit vollem Mund!) rief: »Niemand sagt mir, was ich tun soll!« Worauf Bambusstücke auf Nicht-Gerhard krümelten, worauf der raufen wollte, worauf sich Nicht-Olivia auf ihn warf, weil auch sie zu einem guten Rauf nicht Nein sagt.

Während die beiden sich im Laub wälzten, begriff Nicht-Peter, dass man eine vernaschte Bambuspflöte nicht einfach wieder entnaschen kann. Nicht-Peters großes Ohr knickte um. Er hatte die Musik verloren. Und verlor nun auch zum ersten Mal überhaupt seine mittelmäßige Laune.

Als sie sahen, wie traurig Nicht-Peter war, hörten Nicht-Olivia und Nicht-Gerhard mit dem Raufen auf. Die zerzauste Pandabärin wusste gar nicht, was los war, kraulte ihn dennoch zum Trost am Kinn.

Der verlaubte Rauffreund hatte gleich einen Vorschlag: »Machen wir neue Pflöte, Nicht-Gerhard hilft.«
Nicht-Peter schniefte. Wie gut, dass Nicht-Olivia nicht nur trotzig, sondern auch lieb sein konnte und Nicht-Gerhard nicht nur raufen, sondern auch helfen wollte. Was, wenn aber nur das eine, das zernaschte Rohr Töne hatte?
Wer wurzelt, der nicht purzelt. Sagt ein altes pandesisches Sprichwort. Nicht-Peter gab sich einen Ruck und versuchte, eine neue Pflöte zu schnitzen.
Die Schrecke konnte gar nicht hingucken und »versteckte sich« vor Aufregung.
Versuch mal wieder, sie nicht zu finden.
Vorsichtig pustete Nicht-Peter in das neue Bambusrohr. Ein vorsichtiger Ton wippte über die Lichtung! Nicht-Gerhard raufte Nicht-Peter um vor Freude. Der spielte einfach weiter.
»Was ist das denn für ein Gedudel?« Nicht-Olivia gähnte. »Lass mich mal.« Sie spuckte seitlich aus, kletterte auf einen Felsen und legte los.

Ja, sind alle Pandas megatalentierte Pflöteriche? Nicht-Olivia rockte den Bambus derart, dass andere Tiere angelockt wurden.
Der Salamander ringelte sich und schrie immer wieder: »SALAMANDER, ALLE MITANANDER!!!«
Einige Äffchen headbangten heftig.
Headbangen soll dir Mama oder Papa oder Oma oder Tante Otto zeigen, das ist so ein sehr dolles Nicken zu einem lauten Lied, als würde man etwas sehr mögen.

Das Bambushuhn flitzte herum und gackerte abwechselnd:

Mehr? Gern: Ruckzuck hatte Nicht-Peter Pflöten für Nicht-Gerhard und für sich gebastelt, doch irgendwie kabbelten sich deren Töne mit Nicht-Olivias, schubsten und kniffen einander gar. Die Waldbewohner tanzten zwar weiter wild und schief zum schiefen und wilden Gepflöte, ein roter Panda ging aber auch kopfschüttelnd wieder weg. Auf dem Höhepunkt des Auftritts schnalzte von hinten am Bach eine Stimme streng und spitz: »Was soll denn dieser Krach mitten am Tag?!«

Es war Watte, die nachtaktive Bambusratte.

Wer sonst, hättest du gesagt, kanntest du Watte.

Die Tanzenden huschten davon, die Musikanten senkten die Pflöten.

Auf Watte hörte man im Bambuswald. Wenn Watte sprach, dann hatte das Kralle und Pfote. Watte hatte schon alles erlebt. Flut und Sturm und Feuersbrunst. Watte war vier Millionen Jahre alt. Watte hatte sogar schon mal Menschen getroffen! Jene, die Fallen aufstellten, und jene, die den Wald kaputt machten.

Die Musik war aus, wenn Watte das verlangte.

Der rief aber: »Ach, ihr seid da oben! Eine waschechte *Panda-Pand*! Ihr müsst aber unbedingt mal proben. Wer ist denn euer Dirigent?«

Panda-was? Nicht-Peter rümpfte den Riecher.

Diri- was? Nicht-Olivia kratzte sich mit der Pflöte.

»Watte raufen«, sagte Nicht-Gerhard, aber er sagte es so, dass Watte es nicht hören konnte.

Watte kletterte auf die Felsenbühne. »Wir brauchen noch eine Trommel. Du da! Specht mit rotem Scheitelbommel?«

Der Specht landete eilig auf einem Baumstumpf, Watte ließ man nicht warten.

Der winkte mit einem Stock: »Eins und zwei, und *let's rock*!«

Na ja, *rock … Let's schnarch* wäre passender gewesen, so schläfrig gähnte die Musik, in die Watte die Bären einlullte.

Sie spielten zwar besser zusammen, froh aber waren sie nicht: Was einer Ratte fein schmeckt, ist im Pandaohr alter Bambusbrei. Auch unterbrach Watte die drei ständig, und das mag ja echt niemand: »Und noch mal von vorn! Stopp! Noch mal!«

Ja, da plusterte der Specht das Gefieder!

Ja, da zeigte Nicht-Olivia (heimlich) Watte den Vogel.

Ja, da raufte Nicht-Gerhard ... sich das Fell.
Und Nicht-Peter? Wollte einfach nicht »noch mal«.
Seine mittelmäßige Laune war weg, das zweite Mal an einem Tag!
»Die Bären sind schon matt?« Watte verkannte die Lage. »Die nächste Probe findet in der Früh statt!«
Und endlich war sie weg, die Dirigentenplage.

»Also morgen wieder?«, fragte Nicht-Peter.
»Besser waren wir schon.«
»Wir waren langweiliger!« Nicht-Olivia schüttelte den Kopf.
Nicht-Gerhard rief: »Ratte egal! Wir geben die Töne den anderen. Werden große Panda-Pand!« Wieder trabte er voraus.
Nicht-Olivia grummelte: »Ich gehe nicht mit!« Und ging doch mit. Nicht-Peter zögerte nicht und war ziemlich froh, heute kein Einzelgänger zu sein.

Durch den nachtdunklen Wald und diesmal wirklich auch über ein paar Berge stapften die drei zu ihren Artgenossen. Manchen Panda informierten sie höflich (Nicht-Peter), manchen unterbrachen sie brüsk bei wichtigen Tätigkeiten (Liegen, Nicht-Olivia), mit manchem rauften sie (Nicht-Gerhard).

Allen teilten sie mit: *Große Panda-Versammlung morgen zum Sonnenuntergang auf der Lichtung in Nicht-Olivias Revier.*

Unterwegs kamen sie auch einem Menschenkrach ganz nah. Alles war hier laut: die Lichter an Metallungeheuern, das Herumgraben in der Erde, das Umfallen der Bäume, wo Menschenwege hinsollten.
Hier kamen sie nicht weiter.

»Lasst uns umkehren«, sagte Nicht-Peter ernst, und das taten sie auch.

Den ganzen folgenden Tag schnitzte Nicht-Peter Pflöten. Nicht-Olivia »räumte die Lichtung auf«. Nicht-Gerhard raufte mit dem Bambusspecht.

»Und was, wenn keiner kommt?«, fragte Nicht-Peter. Er hatte bereits vierzig Pflöten geschnitzt und keine Lust mehr.

Sie kamen aber alle. Als Erste flitzte Nicht-Olga auf die Lichtung. »Binichhierrichtig?«, fiepste sie und tollte herum. »Ohichhoffsehr, ichbinhierrichtig!« Sie war wie immer total aufgedreht, knutschte alle ab, inklusive Schrecke. »Nicht-Olivia! Ich lieeebe dein Revier!«, trällerte sie.
Bald war die Lichtung voller Pandas. Nicht-Alma, Nicht-Yohan, Nicht-Nino, Nicht-Bratpfanne. Auch Zuschauer waren gekommen: »Gehtek kier klos, gehtek kier klos?!«, gackelten die Gackelkuckucke. *Eigentlich können die ganz normal reden, aber finden es lustiger so.* Einige Goldstumpfnasen hatten Früchte mitgebracht als Äffchen-Snacks zum Spektakel.
Als Letzter trat Nicht-Vladimir auf die Lichtung. Gebeugt, auf einen Stock gestützt, doch mit der Kraft seines langen Lebens rief der älteste der Pandas: »So viele von uns an einem Ort sah ich nie. Aber warum sind wir an diesem Ort?«

Die Antwort hatte Nicht-Peter bereit. Er überreichte jedem Panda eine Pflöte sowie – in Baumrinde gekratzt – eine Liste mit Liedern für das Panda-Konzert.

Sing doch mal eins!

»Liebe Bärinnen und Bären!«, rief Nicht-Peter. »Ich bitte euch als Erstes, den Bambus nicht zu essen.«

»Upsi«, rief eine Stimme aus der hinteren Reihe.

Eine andere schmatzte: »Zu spät.«

Eine dritte schmatzte einfach nur.

Nicht-Peter musste sich beeilen. »In euren Pfoten haltet ihr Pflöten!«, sagte er.
»In meinen Pfoten halte ich nichts«, sagte Nicht-Amelie und wischte sich einen Krümel aus dem Fell.
»In den Pflöten leben Töne«, rief Nicht-Peter.

Wie auf ein Kommando sahen alle Pandas, die ihre Pflöte noch nicht gefressen hatten, in ihre Pflöten.

»Die Töne sind unsichtbar«, sagte Nicht-Peter, worauf alle Pandas enttäuscht »Ach so« oder »Schade« oder »Sag's doch gleich« murmelten und mancher aus Frust seine Pflöte fraß.

»Jetzt reicht es aber!« Nicht-Gerhard kletterte auf einen Baumstumpf. »Der Nächste, der seine Pflöte frisst, wird umgerauft!«

»Oh-oh ...« Ein kleiner Panda ganz vorne war das, die Pflöte nur noch halb in seiner Pfote. Zwei Sekunden später saß Nicht-Gerhard auf seinem Bauch.

»Die Töne«, erklärte Nicht-Peter weiter, »kann man rauspusten. Viele Töne zusammen klingen manchmal ganz schön schön.« Ein Trille-rülle-rü trillerüllerüllte aus seiner Pflöte. Die Begeisterung hielt sich in Grenzen, ein Äffchen klatschte, ein anderes mahnte ihn, »Schhht!«, schhhtill zu sein!

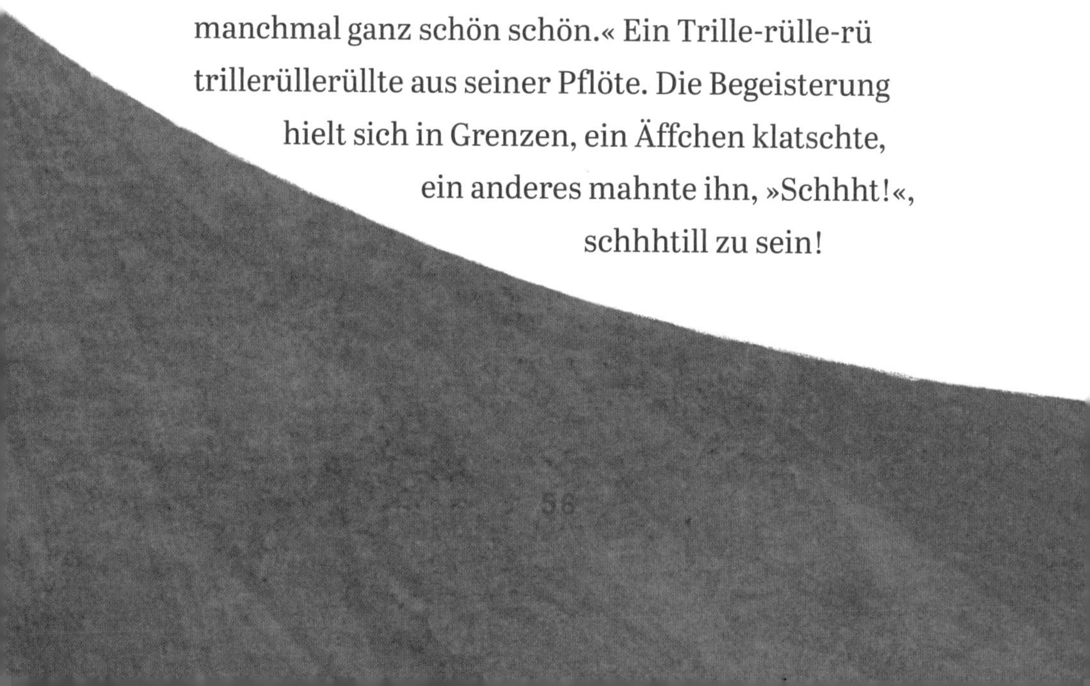

Nicht-Olivia übernahm jetzt, ihre Stimme wie ihre Frisur: ein Blitz. »Zu viel Gerede! Wir wollen spielen.« Sie legte los.

Der Specht trommelte leicht und beschwingt. Die Schrecke stieg ein, sie sang, sang so leise, dass nur das Gras sie hörte. *Hörst du sie?*

Zum Schluss ertönten die Pflöten von Nicht-Peter und Nicht-Gerhard.

Von überall auf der Lichtung spielten sich, einer nach dem anderen,

die Pandas ein. Mancher weich, mancher verwirrt, mancher kreuzig,

ein anderer querig, mancher Naturtalent, mancher nicht, jeder, wie er eben ist.

Wie das zusammen klang? *Was meinst du?* Ausgelassen und frei, bestimmt. Das wäre zu wünschen.

»Born to be wiiiiild«, sang Nicht-Olivia, sprang in die Menge und ließ sich auf den Armen tragen.

»Born to be wiiiiild!«

iiiild
Born to be wiiiild
Born to be wiii
Born to
to be w
iiiild
Born to

Fairerweise muss man sagen, Musik ist nicht jederpandas Sache. Bei Menschen ist das ja auch so – nicht alle mögen alles, wäre ja auch langweilig. Die meisten Bären verloren bald das Interesse am Pflöten, und als Nicht-Gerhard mal nicht hinschaute, »verloren« sie auch die Pflöten *(zwischen den Zähnen)*.

Die Lichtung leerte sich, die Pandas trotteten zurück in ihre Reviere. Der Specht flog fort, das Bambushuhn hühnpelte davon, der Salamander salamäanderte ins Dickicht.

Unsere drei Freunde musizierten weiter. Füreinander, für ihren Wald, sie musizierten für die Musik und wegen ihr und auch einfach nur so.

Und dann aßen auch
sie ihre Pflöten und
gingen ihrer Wege in den
Sonnenuntergang.

Ach Quatsch, die Sonne ging erst in einer Stunde unter. Also warteten sie, bis es so weit war, Rücken an Rücken an Rücken, beschlossen, die Tage mal Trommeln auszuprobieren, erst dann gingen sie ihrer Wege.

Plötzlich sprang Nicht-Gerhard hinter einer Schönulme hervor und raufte Nicht-Peter, Ende.

Plötzlich sprang Nicht-Gerhard noch mal hinter einer Gummiulme hervor und raufte Nicht-Peter noch mal, Ende.

Plötzlich kam Nicht-Olivia auf die letzte Seite und setzte sich hin und sah dich an.

Aus der Welt, in die Geschichten

Ein Nachwort für die Vorleser*innen

Als ich vier oder fünf Jahre alt war, wollte ich Pandabär werden. Nicht Pandabärforscher, Pandabär. Eine Zeit lang lehnte ich jegliche Kleidung ab, außer sie war schwarz oder weiß. Meine Familie übertreibt aber, wenn sie erzählt, ich hätte mir mal mit Filzstift schwarze Ringe um die Augen gemalt und gegen unseren Kirschbaum im Garten gepinkelt, um mein Revier zu markieren. Vielleicht übertreibt meine Familie aber auch nicht.

In der Schule bekam ich mit, dass Pandabären bedroht seien. Das verstand ich nicht. Wer würde Pandas bedrohen wollen? Und warum stoppte man die Bedrohung nicht sofort?

Ich lebte damals in Jugoslawien (das auch bedroht war und bald aussterben sollte). Wie die Pandabären im Fernen Osten lebten, reimte ich mir zusammen von Fotos und aus einer Enzyklopädie, die nach Motten roch. Viel Wissen war das nicht, in Wissenslücken wächst gut die Fantasie. Ich dachte mir Panda-Geschichten aus. Pandas fochten als Partisanen gegen die Nazis, waren Lehrer, die keine Noten vergaben, waren weise und nett.

Ich kam in die Pubertät, nach Deutschland und in ein prekäres Flüchtlingsleben. Für Pandabären blieb wenig

Raum. Ganz zogen sie aber aus meiner Faszination nie aus – wie man hier sehen kann. Was ich im Garten meiner Kindheit begann, spielt nun als *Panda-Pand* weiter.

Meinen Pandas geht es gut. Den Pandas in der Wirklichkeit eher nicht – bei nicht einmal zweitausend Tieren. Menschen roden die Bambuswälder, bauen Straßen und Siedlungen, verkleinern und zerstückeln deren Lebensräume. Die Bestände werden fragmentiert, manche zählen gerade einmal zehn Tiere, die lokal – gleich kommt das Wort wieder – stark vom Aussterben bedroht sind.

Die Klimakrise tut ihr Übriges: Auf steigende Temperaturen reagieren für die Ernährung der Pandas wichtige Bambusarten empfindlich, sie könnten noch im Laufe dieses Jahrhunderts massiv zurückgehen. Auch Landwirtschaft droht in höhere – kältere – Regionen verlegt zu werden, was wiederum Druck auf Panda-Habitate ausüben würde.

Wir setzen unseren Planeten radikalen, unumkehrbaren Veränderungen aus, die als Krise dennoch kaum vorstellbar sind oder in der Tragweite begriffen wurden. Tier- und Pflanzenarten vergehen, bald können wir nur noch ihre Geschichten an unsere Kinder vererben.

Pandabären sind lange schon eine Geschichte meiner Welt und großartige Bewohner dieser unseren. Mögen sie das noch sehr, sehr lange bleiben.

GÜNTHER JAKOBS, geboren 1978 in Bad Neuenahr-Ahrweiler, studierte Philosophie und Design mit Schwerpunkt Illustration. Seitdem arbeitet er als freier Illustrator und Autor in den »Ateliers Hafenstraße« in Münster. Er liebt es, Bilderbücher zu machen, anzuschauen und auch vorzulesen (hauptsächlich seinen Kindern).

© Katja Sämann

SAŠA STANIŠIĆ wurde 1978 in Jugoslawien geboren und lebt seit 1992 in Deutschland. Seine Bücher wurden in über dreißig Sprachen übersetzt und vielfach ausgezeichnet. Jajaja, aber was heißt das schon? Preiselbeeren sind leckerer als Preise. Außerdem waren das Erwachsenenbücher. Was zählt, ist für Kinder. Und für Pandas. Das hier. Saša Stanišić schläft und arbeitet in Hamburg. Er kann (schlecht) Gitarre spielen.